KB046447

꿈에서 만나

준우리 글 。 근하 그림

사ㅁ계절

차
례

1.

그것이 질병, 그것도 전염병이라는 사실이 밝혀지는 데는 꽤 시간이 걸렸다.

2019년 12월 12일 최초 보고되었으며 보고 내용에 따르면 2019년 12월 1일 서울수면센터에 입원한 K양을 첫 환자로 추정한다. 보통의 기면증과는 다른 양상의 뇌파와 바이러스 반응을 K양에게서 처음 찾아냈기 때문이다. 그러나 발생 원인과 바이러스 전파 경로는 공식적으로 정확하게 밝혀지지 않았다.

발병 초기 보고된 증상은 '상세 불명의 기면'으로 임시 명칭은 최초 발병 지명을 따 '대치기면증'이었다. 하지만 낙인 효과를 우려한 WHO에서 병명에 지역 이름을 넣는 것을 피하도록 권고해 곧 ◆NARC-19로 대체했다.

첫 환자인 K양의 발병 이후 거주지인 대치동을 중심으로 무서운 속도로 퍼지기 시작했다. 대치동 학생들의 40퍼센트 이상이 전염되었고 곧이어 서초, 방배, 역삼동을 거쳐 강남, 강동, 중랑, 마포로 퍼져 나갔다. 정부는 서울

◆ Narcolepsy, 기면증: 밤에 잠을 충분히 잤어도 낮에 갑자기 졸음에 빠져드는 증세.

시의 특별재난지역 지정 여부로 근심이 깊었다. 새로운 전염병에는 여타 전염성 질병과는 다른 특이점이 다수 존재했기 때문이다.

먼저 사망자가 없었고 전원 자가 치유되었다. 증상은 갑작스레 수면 상태로 빠지는 것뿐이었다. 그 때문에 기립 상태에서 조금 더 조심해야 한다는 것 외에 유의 사항은 없었다.

NARC-19 감염 초기에는 5~10분 정도의 불규칙하고 발작적인 수면 상태가 반복되다 중기로 갈수록 길고 잦아졌다. 수면 시간이 4~5시간씩 하루 2, 3회 반복하는 것을 정점으로 차차 다시 짧아지고 드물어지다 완치되었다. 이 패턴이 잠복기 없이 2~3주의 기간에 걸쳐 발생했다.

특이한 점은 발병자들이 모두 십 대 청소년 이라는 사실이었다. 발병 초기엔 집단 히스테리의 일종으로 인식되어 심인성 증상으로 오해되었으나 여러 검사 결과 단순히 심리적 문제만은 아닌 것으로 밝혀졌다. 혈액에서 공통적인 변종 바이러스가 발견된 것이다.

3월 개학을 분수령으로 발병자 수는 폭발적으로 늘었다. 질병관리본부와 교육부는 휴교령 카드를 들고 고민을 거듭했으나 학부모들의 반대로 번번이 무산되었다. '원래 아이들은 수업 시간에 잔다.'가 핵심 주장이었고 '집에서 자는 것보다 학교에 가서 자는 것이 좀 더 안심된다.'는 맞벌이 부부들의 주장이 이에 힘을 실었다.

결국 발병이 되면 자율적으로 출석을 판단하되 불가피할 경우 3주까지 질병 결석 처리가 가능하도록 합의되었다.

초기 발병자들은 별다른 문제의식 없이 학교에 출석했다. 그러나 중기가 지나가며 수면 시간이 길어져 수업이 끝나고도 자느라 하교를 하지 못하는 학생들이 속출하자 결석을 의무화해야 한다는 의견이 우세해졌다.

학교에 안 나가면 심각한 불안 증세를 보이는 일부 고3 학생들을 제외하고 대부분 질병 결석을 수용했다. 다만 자신이 감염된 사실을 모르고 중기까지 진행되어 깊은 잠이 들어 버린 학생들을 데려가기 위해 학부모들의 학교,

학원 출입이 잦아졌다.

바쁜 부모를 위한 픽업 서비스도 등장했다. 잠이 든 학생을 구급용 들것에 눕혀 2인 1조로 나르는 일을 보는 게 어렵지 않았다.

실려 나가는 학생들의 모습은 하나같이 평화롭고 나른해 보였다. 가끔 좋은 꿈을 꾸는지 미소를 머금고 뒤척이는 아이도 있었다. 그것을 바라보는 사람들은 자기도 모르게 따라 미소 지었다.

2.

니나가 사는 Y시, 특히 S구는 서울을 제외한 수도권 내에서는 학군이 좋기로 유명한 동네였다. 서울과는 거리가 있어 낙관적으로 대비를 느슨하게 하고 있었던 터라 4월이 시작되자마자 Y시에 첫 NARC-19 발병자가 나오자 지역은 발칵 뒤집혔다. 갓 중학교에 입학한, 아직 초등학생 티를 벗지 못한 신입생이었는데, 화장실에서 소변을 보던 중 3분 정도의 첫 수면 발작이 찾아왔다.

뉴스와 유튜브, 가정통신문을 통해 발병 시 행동 수칙에 대해 들어 왔기 때문에 아이는 당황하지 않고 깨어나자마자 담임에게 알렸다.

곧 아이의 부모에게 연락이 갔고 조퇴 준비를 하는 사이 학교에 소문이 쫙 퍼졌다. 그 아이의 교실 앞에 구름 같은 인파가 몰려들었다. 아이들은 연예인을 실제로 보는 것처럼 신기해하고 궁금해했다. 책가방을 싸는 아이의 모습이 같은 반 누군가를 통해 유튜브로 생중계되었다. 그날 모든 수업은 자율 학습으로 전환됐고 교사들은 긴급회의에 돌입했다.

니나는 어수선한 학교 환경이 마음에 들지 않았다. 중간고사가 한 달밖에 남지 않았는데 전염병—그것도 별로 치명적이지도 않은—에 좀 걸렸다고 우르르 몰려가는 꼴이라니. 니나는 아이들이 덜떨어진 양 떼처럼 보였다.

발병자가 늘어날수록 앞으로 학교는 더더욱 소란스러워질 것이다. 니나는 이들 중 다수가 몇 달 내로 성적표를 받아 들고 피눈물을 흘릴 것이라고 확신했다. 위기를 기회로 삼고 더욱 집중해야 한다는 것은 니나에겐 기본 중의 기본이었다.

"학교에서의 등급이 사회에서의 등급이야. 변수라는 게 있으니 100퍼센트라곤 할 수 없지만 90퍼센트 이상인 것은 장담할게. 등급은 중학교 1학년 때 시작해 고등학교 3학년까지 유지되고 한번 자리를 잡으면 바꾸기 쉽지 않아. 그러니 이 6년간의 시간이 향후 60년을 좌우한다는 사실을 잊지 마."

언제고 마음만 먹으면 녹음기에서 흘러나오는 것처럼 엄마의 목소리를 머릿속에 재생할 수 있다.

엄마는 학창 시절 공부를 열심히 했기 때문에 1등급을 받았고, 1등급을 받았기 때문에 명문대에 들어갔으며 명문대에 들어갔기 때문에 어렵지 않게 회계사 자격증을 딸 수 있었다고 말해 왔다. 그랬기 때문에 싱글맘으로서 모자람 없이 니나를 키우고 신도시 30평대 아파트를 대출 없이 가질 수 있었다고 했다.

이 모든 게 다 전문직 자격증의 위엄이라며,

엄마는 니나가 태어났을 때부터 "넌 전문직 여성이 되어야 한다."고 틈틈이 어필해 왔다. 전적으로 옳다. 전 세계가 전염병에 걸리는 한이 있더라도 1등급의 길을 가겠다고 니나는 다짐했다.

3.

학생회도 방과 후 긴급회의를 소집했다. 니나는 귀찮아 죽을 것 같았지만 특목고 입시를 준비 중이기 때문에 리더십 활동을 빼먹을 수 없었다. 봉사 점수와 교내 상, 임원 점수를 기본으로 채워야 한다. 그래야 자소서에도 쓸 말이 생긴다.

사실 니나는 공부 외의 다양한 활동을 요구하는 특목고 입시 제도가 너무 번거롭게 느껴

저 가지 않으려 했다. 게다가 모든 특목고가 2025년에는 없어진다는데 굳이 이 시점에 갈 필요가 있을까 싶었다. 하지만 엄마의 한마디에 자신의 생각이 얼마나 짧았는지를 곧 깨달았다.

"비평준화 시절의 명문고는 평준화 이후에도 대부분 명문고다."

특목고 지위가 사라지더라도 그 이름의 가치는 떨어지지 않을 것이다. 한번 귀족은 귀족제 폐지 이후에도 영원히 귀족인 것처럼. 그래서 니나는 특목고 중에서도 비싼 등록금으로 인해 '귀족 학교'라고 불리는, 전원 기숙사형의 M고를 지망하기로 했다.

누가 우리나라에 계급이 없다고 했나. 그렇

게 말하는 사람들은 그 사실을 믿기 싫거나, 정말 바보이거나 둘 중에 하나라고 니나는 생각했다.

학생회실에는 학생회장만 와서 앉아 있었다. 작년 전교 석차 10위권 밖의 인물로 니나와 개인적으로 대화해 본 적도 없는 인물이었다. 한마디로 아웃 오브 안중이란 뜻이다. 니나는 다른 아이들이 올 때까지 영어 단어장을 펴고 외우기 시작했다.

"역시 전교 1등은 다르네. 허투루 시간을 보내지 않아."

회장이 친한 척 말을 걸었다. 여기저기 잘 끼어들고 아무와도 쉽게 친해지는 캐릭터다. 니나가 대답하지 않자 회장은 또 말을 건넸다.

"너 한솔 상가에 있는 Y어학원 다니지? 나 그 바로 옆에 수학 학원 다니는데. 방학 때 너 많이 봤다."

니나는 회장을 빤히 바라봤다. 뭐 어쩌라고 하는 눈빛이었다. 니나가 별다른 대답 없이 다시 단어장으로 시선을 옮기자 회장은 민망해져서 폰을 만지작거렸다.

잠시 후 아이들이 하나둘 들어왔고 회의가 시작됐다. 회의의 주제는 첫 발병자가 나온 만큼 NARC-19에 대한 학교의 대처 상황과 심리 상담 등을 안내할 수 있는 홍보물을 기획하는 건이었다.

니나는 회의가 시작되자마자 망했다고 생각했다. 하필이면 니나가 홍보부 부장이었다.

10월 학교 축제 때 잠시 일하는 것 외 평소 업무가 없다는 말에 선뜻 맡은 자리였다. 니나는 회의 내내 자신을 힐끔거리는 아이들의 시선을 피하며 속으로 '망했다.'를 백번 넘게 읊조렸다.

학원 숙제와 중간고사, 5월 인문학 독서캠프, 6월 영어 토론 대회 준비하기도 시간이 부족한데 생각지도 못한 잡일이 늘게 생겼다. 어떻게 빠져나갈까 궁리하는 내내 회의는 일사천리로 진행되고 있었다.

"그럼 홍보부가 포스터를 맡고, IT부가 학교 페북에 매일 상황 업데이트하고, 내용이 겹치면 안 되니까 방송부랑 신문부랑은 진행 공유하는 걸로. 포스터 마감은 급하니까 이번 주

금요일까지는 끝내는 걸로 해야겠지?”

회장의 말이 끝나기가 무섭게 부회장이 벌떡 일어섰다.

“그럼 회의 끝난 거야? 나 학원 늦었어.”

그걸 신호로 아이들은 우르르 의자를 끌며 일어났다. 이 중 학생회 일에 진짜 관심 있는 애들은 거의 없다. 대부분 니나처럼 학생회 활동 이력이 필요해서 온 애들이다.

“자, 잠깐.”

니나가 다급하게 외쳤다. 이대로 회의가 끝나 버리면 안 된다. 모두 그대로 멈춤 상태로 니나를 쳐다본다. 니나는 곤혹스럽다.

“갑자기 이렇게 일을 주면 어떡해. 시간도 없는데. 나 그림 같은 거 못 그린단 말이야.”

"야, 우리가 언제 시간이 있어서 학생회 했냐. 없는 시간 쪼개서 하는 거지. 홍보부는 평소에 일도 없었잖아."

평소 일이 제일 많은 선도부장이 뾰족한 말투로 니나의 말을 받아쳤다. 수긍의 분위기가 절대적이다.

"인터넷에서 대충 이미지 따서 만들면 돼. 내용은 보건 선생님한테 받은 거 정리하면 되고."

서기가 칠판을 지우며 거들었다.

'그렇게 쉬운 거면 네가 하란 말이야.'

니나는 혀끝까지 올라온 말을 삼키고 대신 이성적인 질문을 떠올렸다.

"그럼 홍보부원이 누구야?"

"없어."

"없다고?"

"재작년에 학생회 축소하면서 홍보부는 부원 없앴어. 하려는 애들이 하도 없어서."

니나는 거의 절망적이다. 포스터를 만들어 본 적이 없을 뿐더러 포토샵도 다룰 줄 모른다. 학생회 임원은 꼭 해야 한다던 엄마가 너무나도 원망스러웠다.

"내가 도와줄게."

곧 울어 버릴 것 같은 니나의 표정을 살피던 학생회장이 손을 들고 말했다.

"잘됐다. 회장 그림 잘 그려. 역시 회장. 리더십! 얘들아 박수!"

부회장의 말에 아이들은 박수를 짝짝 치고

곧 썰물 빠지듯 학생회실을 빠져나갔다.

니나와 회장 둘만 남았다. 언제 시간 되냐고 묻는 회장의 뒤통수 너머로 니나는 후광을 본 것 같다. 아까 대답 좀 잘해 줄걸, 니나는 3초 정도 반성했다.

4.

다음 날부터 니나네 학교에서도 NARC-19
는 빠른 속도로 퍼지기 시작했다. 첫 발병자인
1학년 아이의 반에서 시작해 옆 반, 같은 층,
그 아이가 든 동아리까지 동심원을 그리듯 퍼
져 나갔다.

복도와 교실, 운동장, 급식실 가릴 것 없이
여기저기 누워 잠든 아이들을 쉽게 볼 수 있었
다. 아이들은 어디서든 머리를 대고 잘 수 있

도록 쿠션이나 인형을 안고 다녔고 불편한 교복 대신 체육복을 입었다. 잠이 덜 깬 아이들과 곧 잠에 빠질 아이들, 잠든 아이들이 뒤섞여 학교의 분위기는 더없이 나른했다.

수업 시간에 과반수 이상의 아이들이 엎드려 잠들어 있었으나 교사로서는 누가 발병자이고 누가 단순히 잠이 든 건지 파악하기가 쉽지 않았다. 그러나 수업 진도는 빼야 하므로 어찌 되었든 수업은 그대로 진행되었다. 놓친 부분은 온라인에서 다시 들을 수 있었으므로 수업 분위기는 점점 더 늘어졌다.

니나는 정신을 차리기 위해 점점 더 애써야 했다. 엄마는 니나의 책상 앞에 표어처럼 이런 문장을 써서 붙여 놨다.

'분위기에 휩쓸리는 건 하수다.'

방과 후 학생회실에서 니나는 학생회장을
만났다. 포스터 만들기는 간단할 줄 알았으나
학생회장은 그렇게 쉽게 가지 않았다.

"나 사실 공공 디자인에 관심이 많아."

회장은 상기된 어조로 니나에게 말했다.

"그럼 너 혼자 하면 되겠네."

"야, 그래도 네가 홍보부인데 이거 둘이 잘
해서 협동 포트폴리오로 넣자."

니나는 입을 다물기로 했다. 굿이나 보고 떡
이나 먹자는 심정이었다.

둘은 이런저런 색을 입혀 보고 폰트를 바꿔
보고 그래픽을 넣어 보며 시안들을 만들어 갔

다. 대부분 회장이 했고 옆에서 니나는 좋다, 나쁘다, 더 좋다, 더 나쁘다 정도로 이야기를 해 줬다.

"눈에 잘 띄면서도 조화롭고 시각적으로 아름다워야 해."

일개 중학교 포스터에 뭐 저런 정성을 쏟나 싶었으나 회장은 진지했다. 교과서에서 읽은 「방망이 깎던 노인」의 공공미술가 버전인 듯싶었다. 하지만 3일째 학생회실로 출근 도장을 찍은 니나는 이제 슬슬 짜증이 나기 시작했다.

"이제 적당히 고르자."

"'적당히'가 무슨 말이야. 제대로 해야지."

"이 정도의 시간과 노력을 쏟을 일이 아니야. 그리고 너도 말했잖아. 시간이 없다고."

"며칠 늦어진다고 뭐라고 할 사람은 없어."

니나는 가슴이 답답해졌다. 할 일이 산더미 같은데 고작 이런 일에 이렇게나 정성을 들이다니. 생각보다 학생회장이 훨씬 바보 같았다. 괜히 전교 순위권 밖이 아니다.

"이러고 있는 동안 영어 단어 100개는 더 외웠고 기출 문제 100개는 더 풀었겠다. 중요한 일도 아닌데 언제까지 붙잡고 늘어져 있을 거야?"

"와……."

회장은 멍하니 입을 벌리고 니나를 쳐다봤다.

"우리 엄마가 최근에 한 말이랑 완전 똑같아."

니나는 할 말을 잃고 시안들을 모두 책상 위

에 늘어놓았다.

"여섯 개나 되네. 이 중에 하나 골라. 못 고르 겠으면 던져서 멀리 나가는 걸로 해."

"그럼 중요한 게 뭔데?"

"뭐라고?"

"너한테 중요한 일이 뭐냐고. 전교 1등 하는 거?"

"당연한 거 아냐?"

"슬프다."

'미친놈 아냐?'

니나는 간신히 이 말을 삼켰다. 회장이 왜 갑 자기 청춘 드라마를 찍고자 하는지 의도가 파 악되지 않았다.

"이걸로 해."

니나는 손에 집히는 것 하나를 들어 칠판에 붙였다. 한쪽 눈만 감은 커다란 회색 부엉이가 학교 위에 앉아 있는 그림으로, 바탕의 짙은 푸른색이 안정감을 줬다. 사실 회장이 만든 시안 여섯 개는 모두 나쁘지 않았다. 그중 뭐가 됐든 욕먹을 일은 없을 것이다.

학생회실을 종종걸음으로 빠져나온 니나는 영어 학원으로 달렸다. 며칠째 지각이었다.

5.

다음 날 등교해 보니 니나가 고른 포스터가 학교 여기저기 붙어 있었다. 이렇게 하면 될 것을. 니나는 첫날 나온 시안으로 해도 크게 상관없었을 거라는 생각에 지난 며칠 시간을 버린 것이 억울했다. 그래도 일단락이 되었으니 다행스러운 일이었다.

그런데 그날 이후 '너한테 중요한 일이 뭐냐.'던 회장의 말이 시도 때도 없이 니나를 따

라다녔다. 생각지도 못한 일이었다. 중요한 일은 전교 1등을 하는 것이라고 명쾌하게 대답해 주었는데 왜 자꾸 그 질문이 떠오르는지 모를 일이었다.

자꾸 학교 안에서 마주치는 포스터도 한몫했다. 포스터를 볼 때마다 회장과 회장의 질문이 떠올랐다. 어쩌면 포스터가 눈에 잘 띄면서도 조화롭고 시각적으로 아름다워서 그랬는지도 모른다.

"중요한 일이라……."

니나는 조용한 수업 시간에 자기도 모르게 중얼거리다가 교사의 주목을 받았다. NARC-19가 중기로 넘어가며 결석하는 아이들이 많아 듬성듬성해진 교실이었다.

영어 단어를 외울 때도 수학 문제를 풀 때도 너에게 중요한 일이 뭐냐는 질문이 불쑥불쑥 떠올라 집중하기 어려웠다. 자꾸 그런 일이 반복되자 그날 회장에게 그럼 도대체 너에게 중요한 일은 뭐냐고 물어보지 못한 것이 후회됐다.

질문은 목에 걸린 가시처럼 작고 미묘하게 신경을 긁더니 시간이 흐를수록 미역 한 다발을 쑤셔 넣은 것처럼 입 안과 목구멍을 가득 틀어막았다.

곧 니나는 앉으나 서나 회장의 질문을 생각하게 되었다. 앉으나 서나 회장의 질문을 생각하게 되었다는 것은 앉으나 서나 회장을 생각한다는 말과 같았다. 니나는 미쳐 버릴 것 같았다.

그 무렵 인터넷상에는 NARC-19의 전염 통로에 대한 가설이 퍼지고 있었는데 그것은 참으로 기이한 방식이었다. 발병자가 수면 상태에서 만난 꿈속의 인물들이 현실에서 실제로 옮게 된다는 이야기였다. 너무 어처구니가 없어 처음에는 무시당했으나 여러 가지 실험들과 증언들이 쏟아져 나오면서 힘이 실리기 시작했다.

정부는 가짜뉴스에 엄중하게 대처한다고 공식 발표했지만 가설은 일파만파로 퍼져 나갔다. 어차피 NARC-19라는 병 자체가 초현실적인 특징을 가졌고 미신적이었다. 관련 사이트가 생겼고 수많은 학생들이 자신의 꿈에 나온 상대를 지목했다. 그리고 얼마 후 그 상대는 자신의 전염을 증명했다.

아이들은 그 꿈을 '전염몽'이라고 부르기 시작했는데 개인적이기 그지없는 꿈의 특성상 과학적 검증은 애초에 불가능했다. 의사들은 집단 히스테리와 자기 최면 상태를 들어 설명하려 했지만 전염몽에 대한 증언은 멈추지 않았다.

전염몽은 몇 가지 공통 사항을 토대로 그 특징이 정리되었는데 다음과 같았다.

1. 발병자가 수면 발작 상태에서 꾸는 꿈이다.
2. 발병자의 꿈에 이름과 얼굴을 아는 지인이 등장한다.
3. 등장한 지인은 바로 그 순간 NARC-19에 감

염된다.

4. 발병자 전원이 전염몽을 꾸는 것은 아니다.

5. 최초 발병 이후 다른 발병자의 꿈에 등장하
   더라도 재감염은 없다.

전국은 점점 더 뒤숭숭해졌다. 꿈이라는 게 그렇다. 얼마나 그 사람에 대해 생각해야 꿈에 나오겠는가. 뜻밖의 핑크 기류가 미세먼지처럼 학교들을 뒤덮었다. 호르몬 대폭발 중인 십대라는 특성이 더해져 로맨틱의 침소봉대가 이루어졌다.

꼭 꿈의 상대가 이성인 것만은 아니었으나 어쨌건 누군가 내 생각을 해서 꿈에까지 나온 것 아닌가. 아이들은 점점 NARC-19에 감염되기를 기다리게 되었다.

누군가, 내 꿈을, 꿀 것이다. 비밀스럽게.

인기 좀 있다는 애들은 이 병에 걸리지 않았
다는 사실을 수치스럽게 여겼다. 모두 남몰래
자신의 인간관계를 되짚어 봤다. 전염은 잦아
들지 않았다.

6.

아무도 니나에 대해 생각하지 않는 건지, 니나는 건재했다. 중간고사가 착실히 다가오고 있었다. 감염자들은 수행평가로 대체 가능했다. 형평성의 문제가 제기되었지만 모두 수행평가로 돌리기엔 면학 분위기를 크게 해칠 염려가 있었고 전염이 언제 끝날지도 모를 일이었다.

아이들은 NARC-19에 걸리길 좀 더 간절히

희망하게 되었다. 하지만 상대의 꿈에 등장하려면 어떻게 해야 하는지 그 방법은 알 수 없는 노릇이었다.

니나는 회장과 다시 한번 이야기를 나눌 기회를 기다렸으나 그것은 쉽게 찾아오지 않았다. 같은 반도, 같은 동아리도 아니고 학생회 외의 접점은 하나도 없었다. 심지어 급식실에서도 앉는 자리가 너무나 멀었다. 가끔 복도나 운동장에서 마주치면 "오 전교 1등." 하고 싱글벙글 웃으며 지나칠 뿐이었다.

니나는 회장이 자신의 이름도 모를 거라는 생각이 들었다. 그리고 곧 자신도 회장의 이름을 정확히 모른다는 사실을 깨달았다. 이재영? 이재현? 이재연? 옆자리 아이에게 회장

이름을 물었더니 내가 그걸 어찌 아냐는 답이 돌아왔다. '사실 네 이름도 모르는데?'라고 말하고 싶은 눈치였다.

니나 역시 짝의 이름을 몰랐다. 학기 초이기도 했지만 누군가의 이름을 외우고 얼굴을 기억하는 일 전부 쓸데없는 에너지 낭비처럼 여겨 왔기 때문이다. 어차피 일 년 보고 말 텐데.

하지만 이제 니나는 회장의 정확한 이름이 알고 싶었다. 그 망할, 신경 쓰여 죽겠는 '중요한 일'에 대한 이야기를 좀 나눠 보고 싶었다. 물론 그런 마음이 모두 짝사랑의 씨앗 같은 것이라는 걸 니나는 알지 못했다. 그저 알 수 없는 초조함과 불안감, 긴장감 같은 것에 시달리며 새벽 3시쯤 깨 잠들지 못하곤 했다.

그러므로 니나가 학생회실 앞에서 회장을 마주친 것은 우연이 아니었다. 다른 아이들의 눈에 띄지 않게 몇 번이고 학생회실 앞 복도를 오갔다. 사흘째 되는 날 드디어 회장이 나타났다. 교복 남방을 한쪽 어깨에 걸치고 농구공을 들고 흥얼흥얼 노래를 부르며.

니나는 학생회실 앞에서 자연스럽게 마주칠 수 있도록 천천히 속도를 올리며 걸었다. 회장은 니나를 보곤 또 빙글 웃으며 "니나노~." 하고 인사했다. 회장이 학생회실 안으로 들어가 버리기 전 니나는 간신히 말했다.

"포트폴리오 준다며. 언제 줄 거야?"

회장이 멈춰 서 니나를 내려다보았다. 무슨 포트폴리오를 말하는 건지 순간 당황스러운 눈치였다.

"학교 홍보 포스터, 같이 이름 올리고 포트
폴리오 하자며."

"아아, 그거? 너 줄게. 네 이름만 올려."

"왜?"

회장은 대답 대신 농구공을 바닥에 탕탕 퉁
겼다.

"잠깐 들어올래?"

회장은 학생회실 문을 열며 니나에게 말했
다. 블라인드가 다 내려져 있어 서늘한 공기가
고여 있었다. 회장은 블라인드를 올리고 창문
을 다 열었다. 학생회실은 곧 따스한 빛과 공
기로 가득 찼다.

"뭐 마실래?"

미니 냉장고에서 음료수를 꺼내 들고 회장이 물었다. 니나는 고개를 저었다. 회장은 음료수를 마시며 컴퓨터를 켜고 포스터를 프린트했다.

"파일도 보내 줘?"

"아니, 근데 너는 왜 이거 안 가져?"

"……맘에 안 드니까."

"애들이랑 선생님들은 다 잘 만들었다고 하던데."

"남이 말하는 게 뭐가 중요해. 내 맘에 안 들면 필요 없어."

니나는 왠지 자존심이 상했다. 자신이 잘못한 것도 없는데 괜히 진 것 같았다.

"오버 아니야? 그냥 포스터일 뿐인데."

"내가 안 한다는데 네가 왜 그러냐."

"그런 게 네가 말하는 중요한 거야? 완벽으로의 추구, 뭐 그런 거?"

"전교 1등. 왜 갑자기 시비야?"

"자꾸 그렇게 부르는데 내 이름은 알아?"

회장이 멈칫했다.

"말해 봐. 너한테 중요한 게 뭔지. 전에 나한테는 왜 슬프다고 한 건지. 솔직히 이게 뭐라고 계속 신경 쓰이니까 확실히 말해 주면 좋겠어."

"음…… 진지하게 물어보는 거면 나도 진지하게 대답할게. 나한테 중요한 건 내가 원하는 걸 하는 거야. 그리고 내가 원하는 걸 내가 정하는 거야. 그게 제일 중요해."

"그럼 나한테 왜 그런 말을 했어? 나한테는 성적을 유지하는 게 제일 중요한데 그게 왜 슬픈 일이야?"

니나는 자신도 모르게 목소리가 조금 올라가는 걸 느꼈다. 회장은 프린트한 포스터를 손에 들고 혼나는 아이 같은 표정으로 그것을 응시하고 있었다.

"미안해. 기분 상하게 하려던 건 아니었어."

학생회실의 공기는 회장의 사과로 조금 더 어색해졌다.

"미안해."

회장이 다시 한번 사과했다. 니나는 아무것도 시작하지 않았지만 뭔가 다 망쳐 버린 기분이 들었다.

"너 진짜 대단하다고 생각해. 그렇게 공부를 잘하기 힘든 거 알아. 계속해서 1등을 할 수 있는 건 엄청난 노력을 한다는 거잖아."

니나는 말없이 의자에 앉았다. 회장은 포스터를 만지작거리며 나갈 타이밍을 고민했다.

회장은 니나가, 생각한 것과 좀 다르다는 생각이 들었다. 니나는 유명했다. 다른 사람에게 관심도 없었고 특히 자기보다 공부 못하는 애들은 다 무시하는 것처럼 보였다. 그 말은 전교생을 다 무시하는 것처럼 보였다는 뜻이다. 친구도 하나도 없고 같은 반 아이들이나 담임의 이름도 기억 못 하며 타인의 일에 관심이 전혀 없었다. 하루 4시간만 잔다고 들었다. 모든 과목에서 빠지지 않고 완벽한 점수를 받았고 팀별 과제나 발표가 있으면 거의 혼자 도맡다시피 한다.

한마디로 유능하고 차가운 아이였다. 사회시간 철의 여인 마거릿 대처에 대해 배우고 난 뒤 니나의 별명은 한동안 '리틀 마거릿'이었다. 아이들은 질투와 경외의 시선을 동시에 가지고 니나에 대해 이야기했다. 회장은 그런 니나가 지금 자기와 무슨 이야기를 나누고 싶은 건지 감도 잡히지 않았다.

니나는 의자에 앉아 곰곰이 생각에 잠겨 있었다. 회장은 할 수 없이 좀 떨어진 곳에 앉아 니나와 함께 만든 포스터를 하릴없이 바라봤다. 배경 그래픽은 본인이 했지만 문구를 간결하게 정리하고 폰트와 위치를 가독성 좋게 배

치한 건 니나였다. 센스가 나쁘지 않았다.

"이상해."

니나가 작은 목소리로 말했다. 둘만 있는 교실은 울림이 심해 니나의 목소리는 공허하게 들렸다.

"『생의 한가운데』라는 책 읽어 봤어?"

회장은 고개를 저었다. 읽어 보기는커녕 제목도 처음 듣는 책이다.

"나도 안 읽어 봤어. 엄마가 내 이름을 그 책의 주인공한테서 따 왔다고 했어. 자기의 인생을 주체적으로 사는 강인하고 총명한 여성이라고, 내가 그렇게 자랐으면 좋겠다고. 그런데 스무 살이 넘어서 읽으라고 했어. 대학에 간 다음에 읽으라고……. 요새 나는 내가, 중요한

걸 다 놓치고 살고 있는 건 아닐까 하는 생각
이 들어. 왜일까?"

회장은 자기가 아무 생각 없이 한 말이 이렇
게나 니나에게 영향을 줬다는 사실에 놀랐다.
무심코 던진 돌에 개구리 죽는다는 말이 딱인
상황이었다.

"읽어 보면 되잖아, 그 책."

회장의 말에 니나는 고개를 갸웃했다.

"읽어 보고 싶지만 읽어 보고 싶지 않아."

"중요한 건 맞지만 꼭 중요한 건 아니야?"

둘은 동시에 풋 웃음이 터졌고 곧 깔깔대며
웃었다. 웃다가 문득 니나는 자기 자신이 지금
막 커튼을 연 교실 같다는 생각이 들었다. 따
스한 빛과 공기가 횡격막 안에서 술렁댔다. 누

56

군가와 대화를 하는 것만으로도 이런 기분이
들 수 있다니.

또 학원에 늦었다. 오늘은 달리지 않았다.

7.

며칠 후 학생회장이 NARC-19에 걸려 학교에 나오지 않게 되었다. 사실 회장은 인기가 많은 편이었다. 서글서글한 성격에 운동도 잘하는 편이라 여자애들에게 고백도 여러 번 받았다. 단 한 명의 꿈이 아니라 동시다발적으로 여러 명의 꿈에 등장했다 해도 이상하지 않다.

니나는 문제집을 풀다 그 소식을 들었는데 그때부터 견딜 수 없이 신경 쓰이기 시작해 아무엇도 손에 잡히지 않았다. 수업 시간 교사의 목소리도 들리지 않았고 급식에서 뭘 먹었는지 금방 돌아서서도 생각나지 않았다. 학교와 학원의 과제, 수행평가, 복습과 선행이 밀리기 시작했고 모든 생활의 리듬이 깨져 버렸다.

니나는 바라고 또 바랐다. 회장이 자신의 꿈을 꿔 주기를. 동시에 이런 생각에 죄책감이 들었다. NARC-19에 걸리면 중간고사에 심각한 영향을 받을 거다. 알지만, 마음을 멈출 수 없었다.

하루가 지나고 이틀이 지나고 일주일이 지나도, 니나는 멀쩡했다. 니나는 화가 났다. 묻고 싶었다. 이렇게 온통 네 생각뿐인데 너는 왜 꿈 한 번을 안 꿔 주지? 그날 그렇게나 크게 함께 웃었는데. 이렇게 불공평하고, 들인 시간과 노력에 비해 효율성 떨어지는 일 따위 집어치우고 싶었다.

하지만 마음이 마음대로 되지 않았다. 니나는 밤에 잠도 잘 수 없었고 공부도 할 수 없었다. 입술이 부르트고 두통이 찾아오고 피부가 뒤집어졌다. 손톱을 하도 물어뜯어 피투성이가 되었다.

'안 되겠다. 이대로는 고목처럼 바짝 말라 죽고 말겠어.'

그 주의 마지막 날, 니나는 또다시 회장을 찾아가기로 결심했다. 학생회 임원 조직록을 관리하는 서기를 통해 회장의 집 주소와 전화번

호를 알아냈다. 서기는 며칠 사이 크게 얼굴이 상한 니나를 보고 놀란 눈치였으나 뭔가를 꼭 받아야 한다는 니나의 말에 별말 없이 인적 사항을 알려 줬다.

"어디 가니?"

현관에서 신발을 신는 니나에게 엄마가 물었다. 니나는 과제 자료를 받아야 한다고 둘러댔다.

"요새 정신이 어디 나간 애 같아 보여. 학교가 아무리 뒤숭숭해도 너는 그러면 안 되는 거야. 엄마가 책상 앞에 붙여 둔 거 봤지? 호랑이 굴에 들어가도 정신만 차리면 산다는 말이 괜한 말이 아닌 거다."

신발 끈이 더디게 묶인다. 손가락과 숨소리

가 점차 느려진다. 엄마의 목소리가 멀어진다.
한없이 멀어진다.

　잠시 후 니나는 현관에서 신발들을 끌어안
고 잠에서 깨어났다. 엄마는 옆에 주저앉아 굳
은 얼굴로 니나를 바라보고 있었다. 그것 말고
는 잠들기 전과 똑같은 풍경이었다.
　"얼마나 잔 거야?"
　"너 결국 걸려 버린 거야? 어쩌니 이 일을 정
말……."
　걱정과 충격으로 얼굴이 새하얗게 질린 엄
마와 달리 니나는 기쁨에 가슴이 터져 버릴 것
같았다. 누군가 니나 꿈을 꿨다. 다른 누구일
리 없다. 니나는 방으로 달려갔다. 문을 닫고

회장에게 카톡을 보내려 휴대폰을 들었다.

'너지, 너 맞지?'

뭐라고 보내야 할지 몰라 카톡을 쓰고 지우고 있는데 또 잠이 쏟아졌다.

열린 창문으로 벌 한 마리가 붕붕거리며 날아 들어왔다. 미지근한 바람이 분다. 꽃향기가 함께 쏟아져 들어온다. 커튼이 날린다. 나른하다. 눈에 힘이 들어가지 않는다.

회장에게 연락해야 하는데. 아니, 얼른 잠에서 깨어나야 하는데. 니나는 2주가 너무 길게 느껴졌다. 텅 빈 학생회실에서 이야기를 나누고 싶다. 농구 하는 모습도 보고 싶다. 같이 급식도 먹고 싶다. 함께 또 다른 포스터도 만들고 싶다.『생의 한가운데』도 읽고 싶다.

어서 NARC-19가 끝나서 매일매일 학교에
가고 싶다.

이토록 간절히 학교에 가고 싶은 마음이 든
건 처음이었다. 니나는 손에 힘이 빠져 휴대폰
을 떨어뜨렸다. 곧이어 달콤하고 깊은 잠이 회
색 부엉이의 얼굴을 하고 찾아왔다. 커다란 부
엉이의 등에 앉아 니나는 푸른 밤하늘로 날아
올랐다.

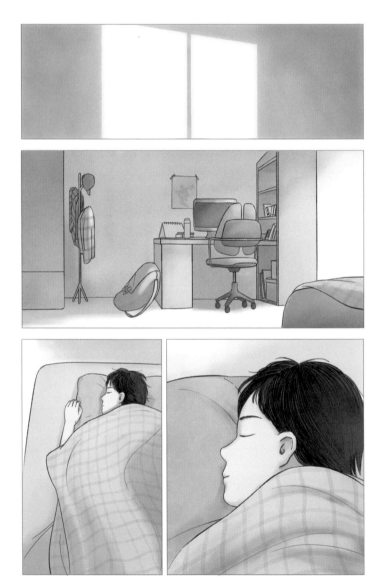

어릴 적 동화책을 보다 '괴질'이라는 단어를 접한 순간을 기억한다.

'괴'라는 음절도 괴이쩍은데 '질'까지 붙으니 '괴질'이라는 단어가 주는 어감은 상당히 불길했다. 오로지 그 단어 때문에 그 동화책을 싫어하게 될 정도였다.

그리고 수십 년이 흐른 후 괴질은 현실화되어 온 나라를, 전 세계를 초토화시켰다. 더 이상 괴질이 아닌 '코로나19'라는 이름을 가졌지만, 현재 진행 중인 이 상황을 아직도 가끔 믿을 수 없다.

학교 가기를 매우 좋아하는 딸아이는 작년 한 해

정말 힘들어했다. 갈 곳이 없어진 우리는 대낮에도 방바닥을 굴러다니며 많은 이야기를 나눴다. 그중 하나가 코로나19가 착한 질병이었으면 좋았을 텐데, 하는 이야기였는데(애초에 질병이 착하기를 기대하는 것은 무리이지만)『꿈에서 만나』는 그 이야기에서 출발했다. 아이가 생각한 착한 질병은 감염되면 힘이 세진다거나 초능력을 가지는 것이었다. 하지만 잠과 연애에 관심이 많은 나는 내 취향대로 변형했다.

이제 아이는 주 2, 3회 대면 수업을 받는다. 아주 천천히 일상을 회복하고 있다. 우리는 죽을 때까지, 느리게 흐르던 이 코로나 시절을 기억할 것이다. 불행한 시간이었지만 모든 것이 멈췄던 날들 속 교실 아닌 방바닥에서 나눴던 많은 이야기들도 함께 기억해 줬으면 좋겠다.

조우리

꿈에서 만나

2021년 7월 15일 1판 1쇄
2023년 10월 10일 1판 3쇄

글	그림
조우리	근하

편집	디자인
김태희 장슬기 이은 김아름 이효진	김민해

제작	마케팅	홍보
박홍기	이병규 이민정 최다은 강효원	조민희

인쇄	제책
천일문화사	J&D바인텍

펴낸이	펴낸곳	등록
강맑실	(주)사계절출판사	제406-2003-034호

주소
(우)10881 경기도 파주시 회동길 252

전화
031)955-8588, 8558

전송
마케팅부 031)955-8595, 편집부 031)955-8596

홈페이지	전자우편	인스타그램
www.sakyejul.net	literature@sakyejul.com	instagram.com/sakyejul_teen

ISBN 979-11-6094-737-3 44810
ISBN 979-11-6094-736-6 (세트)